큰 글
한국문학선집

윤동주 시선집

하늘과 바람과 별과 시

일러두기

1. 이 시집의 텍스트는 『회월시초』(문학사상사, 1987)를 참조하였다.

2. 표기 및 띄어쓰기는 원칙적으로 현행 맞춤법에 따랐다. 그러나 시적 효과 및 음수율과 관련된 경우는 원문의 표기, 띄어쓰기를 그대로 따랐다.

3. 원문에 " " 및 ' ' 표기는 〈 〉로 고쳤다.
   그러나 원문에서 ( )를 사용한 경우는 원문 표기를 따랐다.

4. 원문에서 표기한 한자의 경우는 필요시 그대로 두었다.

5. 작품 목차는 시집에 수록된 순서를 따랐다.

6. 텍스트의 이해를 돕기 위하여 편자 주를 달았는데, 이는 국립국어원의 뜻을 참조하였다.

목 차

초한대

초 한 대—
내 방에 풍긴 향내를 맡는다.

광명의 제단이 무너지기 전
나는 깨끗한 제물을 보았다.

염소의 갈비뼈 같은 그의 몸,
그리고도 그의 생명인 심지까지
백옥 같은 눈물과 피를 흘려,
불살라 버린다.

그리고도 책상머리에 아롱거리며
선녀처럼 촛불은 춤을 춘다.

매를 본 꿩이 도망가듯이
암흑이 창구멍으로 도망간
나의 방에 풍긴
제물의 위대한 향내를 맛보노라.

삶과 죽음

삶은 오늘도 죽음의 서곡을 노래하였다.
이 노래가 언제나 끝나랴

세상 사람은—
뼈를 녹여내는 듯한 삶의 노래에
춤을 춘다.
사람들은 해가 넘어가기 전
이 노래 끝의 공포를
생각할 사이가 없었다.

(나는 이것만은 알았다.
이 노래의 끝을 맛본 이들은
자기만 알고,
다음 노래의 맛을 알려주지 아니하였다)

하늘 복판에 아로새기듯이
이 노래를 부른 자가 누구냐.
그리고 소낙비 그친 뒤같이도
이 노래를 그친 자가 누구뇨.

죽고 뼈만 남은,
죽음의 승리자 위인들!

거리에서

달밤의 거리
광풍이 휘날리는
북국의 거리
도시의 진주
전등 밑을 헤엄치는,
쪼그만 인어 나.
달과 전등에 비쳐
한 몸에 둘셋의 그림자,
커졌다 작아졌다,

괴롬의 거리
회색빛 밤거리를
걷고 있는 이 마음,
선풍(旋風)1)이 일고 있네.

외로우면서도
한 갈피 두 갈피,
피어나는 마음의 그림자,
푸른 공상이
높아졌다 낮아졌다.

---

1) 회오리바람.

공상

공상-

내 마음의 탑

나는 말없이 이 탑을 쌓고 있다.

명예와 허영의 천공(天空)에다,

무너질 줄도 모르고,

한 층 두 층 높이 쌓는다.

무한한 나의 공상-

그것은 내 마음의 바다,

나는 두 팔을 펼쳐서,

나의 바다에서

자유로이 헤엄친다.

황금, 지욕(知慾)의 수평선을 향하여.

꿈은 깨어지고

꿈은 눈을 떴다
그윽한 유무(幽霧)에서.

노래하던 종다리
도망쳐 날아나고,

지난날 봄타령 하던
금잔디밭은 아니다.

탑은 무너졌다,
붉은 마음의 탑이—

손톱으로 새긴 대리석 탑이—
하루저녁 폭풍에 여지없이도,

오— 황폐의 쑥밭,
눈물과 목메임이여!

꿈은 깨어졌다,
탑은 무너졌다.

남쪽 하늘

제비는 두 나래를 가지었다.
스산한 가을날—

어머니의 젖가슴이 그리운
서리 내리는 저녁—
어린 영(靈)은 쪽나래의 향수를 타고
남쪽 하늘에 떠돌 뿐—

조개껍질

― 바닷물 소리 듣고 싶어

아롱아롱 조개껍데기
울 언니 바닷가에서
주워온 조개껍데기

여긴 여긴 북쪽나라요
조개는 귀여운 선물
장난감 조개껍데기.

데굴데굴 굴리며 놀다,
짝 잃은 조개껍데기
한 짝을 그리워하네

아롱아롱 조개껍데기
나처럼 그리워하네
물소리 바닷물소리.

병아리

〈뾰, 뾰, 뾰,
엄마 젖 좀 주〉
병아리 소리.

〈꺽, 꺽, 꺽,
오냐 좀 기다려〉
엄마 닭 소리.

좀 있다가
병아리들은
엄마 품으로
다 들어갔지요.

창구멍

바람 부는 새벽에 장터 가시는
우리 아빠 뒷자취 보구 싶어서
침을 발라 뚫어 논 작은 창구멍
어룽아룽 아침해 비치웁니다

눈 내리는 저녁에 나무 팔러 간
우리 아빠 오시나 기다리다가
혀끝으로 뚫어 논 작은 창구멍
살랑살랑 찬바람 날아듭니다.

기왓장 내외

비 오는 날 저녁에 기왓장 내외
잃어버린 외아들 생각나선지
꼬부라진 잔등을 어루만지며
쭈룩쭈룩 구슬피 울음 웁니다

대궐 지붕 위에서 기왓장 내외
아름답던 옛날이 그리워선지
주름 잡힌 얼굴을 어루만지며
물끄러미 하늘만 쳐다봅니다.

비둘기

안아 보고 싶게 귀여운
산비둘기 일곱 마리
하늘 끝까지 보일 듯이 맑은 주일날 아침에
벼를 거두어 빤빤한 논에서
앞을 다투어 요²⁾를 주으며
어려운 이야기를 주고받으오.

날씬한 두 나래로 조용한 공기를 흔들어
두 마리가 나오.
집에 새끼 생각이 나는 모양이오.

_____

2) '모이'의 방언(함북).

이별

눈이 오다, 물이 되는 날
잿빛 하늘에 또 뿌연 내, 그리고,
커다란 기관차는 빼—액— 울며,
쪼그만,
가슴은, 울렁거린다.

이별이 너무 재빠르다, 안타깝게도,
사랑하는 사람을,
일터에서 만나자 하고—
더운 손의 맛과, 구슬 눈물이 마르기 전
기차는 꼬리를 산굽[3]으로 돌렸다.

---

3) '산기슭'의 방언(평안).

모란봉에서

앙당한[4] 솔나무 가지에,
훈훈한 바람의 날개가 스치고,
얼음 섞인 대동강 물에
한나절 햇발이 미끄러지다.

허물어진 성터에서
철모르는 여아들이
저도 모를 이국말로,
재질대며 뜀을 뛰고.

난데없는 자동차가 밉다.

---

4) (기)앙당하다. 모양이 어울리지 아니하게 작다.

황혼

햇살은 미닫이 틈으로
길죽한 일자(一字)를 쓰고…… 지우고……

까마귀 떼 지붕 위로
둘, 둘, 셋, 넷, 자꾸 날아 지난다.
쏙쏙, 꿈틀꿈틀 북쪽 하늘로,

내사……
북쪽 하늘에 나래를 펴고 싶다.

종달새

종달새는 이른 봄날
질디진 거리의 뒷골목이
싫더라.
명량한5) 봄 하늘,
가벼운 두 나래를 펴서
요염한 봄노래가
좋더라.
그러나,
오늘도 구멍 뚫린 구두를 끌고,
훌렁훌렁 뒷거리 길로,
고기 새끼 같은 나는 헤매나니,
나래와 노래가 없음인가,
가슴이 답답하구나.

---

5) (기)명량하다. 양명하다(亮明―). 환하게 밝다.

닭

한 칸 계사(鷄舍) 그 너머 창공이 깃들어
자유의 향토를 잊은 닭들이
시든 생활을 주절대고,
생산의 고로(苦勞)를 부르짖었다.

음산한 계사에서 쏠려 나온
외래종 레그혼,6)
학원에서 새무리가 밀려나오는
삼월의 맑은 오후도 있다.

닭들은 녹아드는 두엄을 파기에
아담한 두 다리가 분주하고
굶주렸던 주두리가 바지런하다.

---

6) 이탈리아 원산의 산란용 닭 품종.

두 눈이 붉게 여물도록―

산상(山上)

거리가 바둑판처럼 보이고,
강물이 배암이 새끼처럼 기는
산 위에까지 왔다.
아직쯤은 사람들이
바둑돌처럼 벌여 있으리라.

한나절의 태양이
함석지붕에만 비치고,
굼벵이 걸음을 하던 기차가
정거장에 섰다가 검은 내를 토하고
또, 걸음발7)을 탄다.

텐트 같은 하늘이 무너져

7) 발을 놀려 걸음을 걷는 일. 또는 그렇게 걷는 발.

이 거리를 덮을까 궁금하면서
좀더 높은 데로 올라가고 싶다.

오후의 구장(球場)

늦은 봄 기다리던—
토요일 날,
오후 세시 반의 경성(京城) 행 열차는,
석탄 연기를 자욱이 풍기고,
소리치고 지나가고,

한 몸을 끌기에 강하던
공이 자력(磁力)을 잃고
한 모금의 물이
불붙는 목을 축이기에
넉넉하다.
젊은 가슴의 피 순환이 잦고,
두 철각(鐵脚)이 늘어진다.

검은 기차 연기와 함께
푸른 산이
아지랑이 저쪽으로
가라앉는다.

이런 날

사이좋은 정문의 두 돌기둥 끝에서
오색기(五色旗)와, 태양기(太陽旗)가 춤을 추는 날,
금을 그은 지역의 아이들이 즐거워하다.

아이들에게 하루의 건조한 학과로,
해말간 권태가 깃들고,
'모순(矛盾)' 두 자를 이해치 못하도록
머리가 단순하였구나.

이런 날에는
잃어버린 완고하던 형을
부르고 싶다.

양지쪽

저쪽으로 황토 실은 이 땅 봄바람이
호인(胡人)의 물레바퀴처럼 돌아 지나고,
아롱진 사월 태양의 손길이
벽을 등진 설운 가슴마다 올올이 만진다.

지도째기놀음에 뉘 땅인 줄 모르는 애 둘이,
한 뼘 손가락이 짧음을 한(恨)함이여.

아서라! 가뜩이나 엷은 평화가,
깨어질까 근심스럽다.

산림

시계가 자근자근 가슴을 때려
하잔한[8] 마음을 산림이 부른다.

천년 오래인 연륜에 짜든 유적(幽寂)한[9] 산림이
고달픈 한 몸을 포옹할 인연을 가졌나 보다.

산림의 검은 파동 위로부터
어둠은 어린 가슴을 짓밟는다.

발걸음을 멈추어
하나, 둘, 어둠을 헤아려본다.
아득하다

---

8) (기)하잔하다. 잔잔하고 한가롭다.
9) (기)유적하다. 깊숙하고 고요하다.

문득 이파리를 흔드는 저녁바람에
솨– 무섬10)이 옮아오고

멀리 첫여름의 개구리 재질댐에
흘러간 마을의 과거가 아질타.

가지, 가지 사이로 반짝이는 별들만이
새날의 향연으로 나를 부른다.

---

10) '무서움'의 준말.

곡간(谷間)

산들이 두 줄로 줄달음질 치고
여울이 소리쳐 목이 잦았다.
한여름의 해님이 구름을 타고
이 골짜기를 빠르게도 건너련다.

산등아리에 송아지 뿔처럼
울뚝불뚝히 어린 바위가 솟고,
얼룩소의 보드러운 털이
산등서리에 퍼-렇게 자랐다.

삼년 만에 고향 찾아드는
산골 나그네의 발걸음이
타박타박 땅을 고눈다.11)

---

11) 발굽을 세워 디디다.

벌거숭이 두루미 다리같이……

헌 신짝이 지팡이 끝에
모가지를 매달아 늘어지고,
까치가 새끼의 날발을 태우려
푸르룩 저 산에 날 뿐 고요하다.

갓 쓴 양반 당나귀 타고 모른 척 지나고,
이 땅에 드물던 말 탄 섬나라 사람이
길을 묻고 지남이 이상한 일이다.
다시 골짝은 고요하다 나그네의 마음보다.

빨래

빨랫줄에 두 다리를 드리우고
흰 빨래들이 귓속 이야기 하는 오후.

쨍쨍한 칠월 햇발은 고요히도
아담한 빨래에만 달린다.

빗자루

요-리조리 베면 저고리 되고
이-렇게 베면 큰 총 되지.
　　누나하구 나하구
　　가위로 종이 쏠았더니
　　어머니가 빗자루 들고
　　누나 하나 나 하나
　　볼기짝을 때렸소
　　방바닥이 어지럽다고-

　　아니 아-니
　　고놈의 빗자루가
　　방바닥 쓸기 싫으니
　　그랬지 그랬어
괘씸하여 벽장 속에 감췄더니

이튿날 아침 빗자루가 없다고
어머니가 야단이지요.

해비

아씨처럼 내린다
보슬보슬 해비[12)]
맞아주자 다 같이
　옥수숫대처럼 크게
　닷 자 엿 자 자라게
　해님이 웃는다.
　나 보고 웃는다.

하늘다리 놓였다
알롱달롱 무지개
노래하자, 즐겁게
　동무들아 이리 오나.
　다 같이 춤을 추자.

---

12) '여우비'의 북한어.

해님이 웃는다.
즐거워 웃는다.

비행기

머리에 프로펠러가,
연자간 풍채보다
더-빨리 돈다

땅에서 오를 때보다
하늘에 높이 떠서는
빠르지 못하다
숨결이 찬 모양이야.

비행기는-
새처럼 나래를
펄럭거리지 못한다
그리고 늘-
소리를 지른다.
숨이 찬가 봐.

굴뚝

산골짜기 오막살이 낮은 굴뚝엔
몽긔몽긔 웬 내굴[13] 대낮에 솟나.

감자를 굽는 게지, 총각 애들이
깜박깜박 검은 눈이 모여 앉아서,
입술에 꺼멓게 숯을 바르고,
옛이야기 한 커리[14]에 감자 하나씩.

산골짜기 오막살이 낮은 굴뚝엔
살랑살랑 솟아나네 감자 굽는 내.

---

13) '내'의 방언(함경). 내. 물건이 탈 때에 일어나는 부옇고 매운 기운.
14) '켤레'의 방언(강원, 경남, 충청, 평북, 함경).

편지

누나!
이 겨울에도
눈이 가득히 왔습니다.

흰 봉투에
눈을 한줌 옇고[15)
글씨도 쓰지 말고
우표도 붙이지 말고
말쑥하게 그대로
편지를 부칠까요

누나 가신 나라엔
눈이 아니 온다기에.

---

15) '넣다'의 방언(강원, 경상, 전남, 함경).

버선본

어머니!
누나 쓰다 버린 습자지는
두어둬서 뭘 합니까?

그런 줄 몰랐더니
습자지에다 내 버선 놓고
가위로 오려
버선본 만드는걸.

어머니!
내가 쓰다버린 몽당연필은
두어둬서 뭘 합니까

그런 줄 몰랐더니

천 위에다 버선본 놓고
침 발라 점을 찍곤
내 버선 만드는걸.

겨울

처마 밑에
시래기 다람¹⁶⁾이
바삭바삭
춥소.

길바닥에
말똥 동그라미
달랑달랑
어오.

---

16) 다래끼. 아가리가 좁고 바닥이 넓은 바구니. 대, 싸리, 칡덩굴 따위로 만든다.

황혼이 바다가 되어

하루도 검푸른 물결에
흐느적 잠기고…… 잠기고……

저- 웬 검은 고기떼가
물든 바다를 날아 횡단할꼬.

낙엽이 된 해초
해초마다 슬프기도 하오.

서창(西窓)에 걸린 해말간 풍경화,
옷고름 너어는 고아의 설움

이제 첫 항해하는 마음을 먹고
방바닥에 나뒹구오…… 뒹구오……

황혼이 바다가 되어

오늘도 수많은 배가

나와 함께 이 물결에 잠겼을 게오.

거짓부리

똑, 똑, 똑,
문 좀 열어주셔요.
하룻밤 자고 갑시다.
　　밤은 깊고 날은 추운데,
　　거, 누굴까?
문 열어 주고 보니,
검둥이의 꼬리가,
거짓부리[17] 한 걸.

꼬기요, 꼬기요,
달걀 낳았다.
간난아! 어서 집어 가거라
　　간난이 뛰어가 보니,

---

17) 거짓부렁이.

　달걀은 무슨 달걀.
고놈의 암탉이
대낮에 새빨간
거짓부리 한 걸.

둘 다

바다도 푸르고,
하늘도 푸르고,

바다도 끝없고,
하늘도 끝없고,

바다에 돌 던져보고
하늘에 침 뱉어보오

바다는 벙글
하늘은 잠잠

둘 다 크기도 하오.

반딧불

가자, 가자, 가자,
숲으로 가자.
달 조각을 주우러
숲으로 가자.

그믐밤 반딧불은
부서진 달 조각

가자, 가자, 가자,
숲으로 가자.
달 조각을 주우러
숲으로 가자.

만돌이

만돌이가 학교에서 돌아오다가
전봇대 있는 데서
돌재기 다섯 개를 주웠습니다.

전봇대를 겨누고
돌 첫 개를 뿌렸습니다.
─딱─
두 개째 뿌렸습니다.
─아뿔싸─
세 개째 뿌렸습니다.
─딱─
네 개째 뿌렸습니다.
─아뿔싸─
다섯 개째 뿌렸습니다.
─딱─

다섯 개에 세 개……
그만하면 되었다.
내일 시험,
다섯 문제에, 세 문제만 하면ㅡ
손꼽아 구구를 하여봐도
허양 육십 점이다.
볼 거 있나 공 차러 가자.

그 이튿날 만돌이는
꼼짝 못 하고 선생님한테
흰 종이를 바쳤을까요
그렇잖으면 정말
육십 점을 맞았을까요

달밤

흐르는 달의 흰 물결을 밀쳐
여윈 나무 그림자를 밟으며,
북망산을 향한 발걸음은 무거웁고
고독을 반려(伴侶)한 마음은 슬프기도 하다.

누가 있어만 싶던 묘지엔 아무도 없고,
정적만이 군데군데 흰 물결에 폭 젖었다.

풍경

봄바람을 등진 초록빛 바다
쏟아질 듯 쏟아질 듯 위태롭다.

잔주름 치마폭의 두둥실거리는 물결은,
오스라질 듯 한껏 경쾌롭다.

마스트 끝에 붉은 깃발이
여인의 머리칼처럼 나부낀다.

*

이 생생한 풍경을 앞세우며 뒤세우며
온 하루 거닐고 싶다.

-우중충한 오월 하늘 아래로,

-바다 빛 포기 포기에 수놓은 언덕으로,

한난계

    싸늘한 대리석 기둥에 모가지를 비틀어 맨 한난계,[18]
    문득 들여다볼 수 있는 운명한 오척 육촌의 허리 가는 수은주,
마음은 유리관보다 맑소이다.

혈관이 단조로워 신경질인 여론 동물(輿論動物),
가끔 분수 같은 냉(冷)침[19]을 억지로 삼키기에,
정력을 낭비합니다.

영하로 손가락질할 수돌네 방처럼 추운 겨울보다
해바라기 만발한 팔월 교정이 이상(理想) 곱소이다.
피 끓을 그날이—

---

18) '온도계'의 북한어.
19) 꽃에서 방향유를 채취하는 방법의 하나. 유리판 따위에 쇠기름이나 올리브유를 바르고 꽃잎을 붙여서 향기 성분을 흡취(吸取)한 다음 여기에서 기름을 분리하여 방향유를 얻는다.

어제는 막 소낙비가 퍼붓더니 오늘은 좋은 날씨올시
다.
동저고리[20] 바람에 언덕으로, 숲으로 하시구려―
이렇게 가만 가만 혼자서 귓속이야기를 하였습니다.
나는 또 내가 모르는 사이에―

나는 아마도 진실한 세기의 계절을 따라,
하늘만 보이는 울타리 안을 뛰쳐,
역사 같은 포지션을 지켜야 봅니다.

---

20) '동옷'을 속되게 이르는 말.

그 여자

함께 핀 꽃에 처음 익은 능금은
먼저 떨어졌습니다.

오늘도 가을바람은 그냥 붑니다.

길가에 떨어진 붉은 능금은
지나는 손님이 집어 갔습니다.

소낙비

번개, 뇌성, 왁자지끈 뚜드려
먼 도회지에 낙뢰가 있어만 싶다.

벼룻장[21] 엎어논 하늘로
살 같은 비가 살처럼 쏟아진다.

손바닥만한 나의 정원이
마음같이 흐린 호수 되기 일쑤다.

바람이 팽이처럼 돈다.
나무가 머리를 이루잡지 못한다.

내 경건한 마음을 모셔 드려

---

21) '벼룻집'의 방언(평북). 벼루, 먹, 붓, 연적 따위를 넣어 두는 납작한 상자.

노아 때 하늘을 한 모금 마시다.

비애

호젓한 세기의 달을 따라
알 듯 모를 듯 한데로 거닐과저!

아닌 밤중에 튀기듯이
잠자리를 뛰쳐
끝없는 광야를 홀로 거니는
사람의 심사는 외로우려니

아— 이 젊은이는
피라미드처럼 슬프구나

비로봉

만상을
굽어보기란–

무릎이
오들오들 떨린다.

백화(白樺)22)
어려서 늙었다.

새가
나비가 된다.

정말 구름이

---

22) 자작나무.

비가 된다.

옷자락이
춥다.

바다

실어다 뿌리는
바람조차 씨원타.

솔나무 가지마다 샛춤히
고개를 돌리어 뻐드러지고,

밀치고
밀치운다.

이랑을 넘는 물결은
폭포처럼 피어오른다

해변에 아이들이 모인다
찰찰 손을 씻고 굽으로,

바다는 자꾸 설워진다.
갈매기의 노래에……

돌아다보고 돌아다보고
돌아가는 오늘의 바다여!

창

쉬는 시간마다
나는 창 역흐로 합니다.

─창은 산 가르침.

이글이글 불을 피워주소,
이 방에 찬 것이 서럽니다.

단풍잎 하나
맴도나 보니
아마도 자그마한 선풍(旋風)이 인 게외다.

그래도 싸느란 유리창에
햇살이 쨍쨍한 무렵,

상학종(上學鐘)[23]이 울어만 싶습니다.

---

23) 학교에서 그날의 공부 시작을 알리는 종.

유언

흰한 방에
유언은 소리 없는 입놀림.

—바다에 진주 캐러 갔다는 아들
해녀와 사랑을 속삭인다는 맏아들
이 밤에사 돌아오나 내다 봐라—

평생 외롭던 아버지의 운명(殞命)
감기우는 눈에 슬픔이 어린다.

외딴 집에 개가 짖고
휘양찬 달이 문살에 흐르는 밤.

새로운 길

내를 건너서 숲으로
고개를 넘어서 마을로

어제도 가고 오늘도 갈
나의 길 새로운 길

민들레가 피고 까치가 날고
아가씨가 지나고 바람이 일고

나의 길은 언제나 새로운 길
오늘도…… 내일도……

내를 건너서 숲으로
고개를 넘어서 마을로

비오는 밤

쏴-철석! 파도 소리 문살에 부서져
잠 살포시 꿈이 흩어진다.

잠은 한낱 검은 고래 떼처럼 살래여,
달랠 아무런 재주도 없다.

불을 밝혀 잠옷을 정성스레 여미는
삼경(三更).
염원.

동경(憧憬)의 땅 강남에 또 홍수질 것만 싶어,
바다의 향수보다 더 호젓해진다.

사랑의 전당

순(順)아 너는 내 전(殿)에 언제 들어왔던 것이냐?
내사 언제 네 전에 들어갔던 것이냐?

우리들의 전당은
고풍한 풍습이 어린 사랑의 전당

순아 암사슴처럼 수정(水晶) 눈을 내려 감아라.
난 사자처럼 엉클린 머리를 고르련다.

우리들의 사랑은 한낱 벙어리였다.

성스런 촛대에 열(熱)한 불이 꺼지기 전
순아 너는 앞문으로 내달려라.

어둠과 바람이 우리 창에 부닥치기 전
나는 영원한 사랑을 안은 채
뒷문으로 멀리 사라지련다.

이제
네게는 삼림 속의 아늑한 호수가 있고
내게는 준험한 산맥이 있다.

이적(異蹟)

발에 터분한[24] 것을 다 빼어버리고
황혼이 호수 위로 걸어오듯이
나도 사뿐사뿐 걸어보리이까?

내사 이 호숫가로
부르는 이 없이
불리어 온 것은
참말 이적(異蹟)[25]이외다.

오늘 따라
연정, 자홀(自惚),[26] 시기, 이것들이
자꾸 금메달처럼 만져지는구려

---

24) (기)터분하다. 날씨나 기분 따위가 시원하지 아니하고 매우 답답하고 따분하다.
25) 기이한 행적.
26) 혼자서 황홀해함. 또는 자기도취에 빠짐.

하나, 내 모든 것을 여념 없이
물결에 씻어 보내려니
당신은 호면(湖面)으로 나를 불러내소서.

아우의 인상화(印象畵)

붉은 이마에 싸늘한 달이 서리어
아우의 얼굴은 슬픈 그림이다.

발걸음을 멈추어
살그머니 애딘 손을 잡으며
〈늬는 자라 무엇이 되려니〉

〈사람이 되지〉
아우의 설운 진정코 설운 대답이다.

슬며-시 잡았던 손을 놓고
아우의 얼굴을 다시 들여다본다.

싸늘한 달이 붉은 이마에 젖어,
아우의 얼굴은 슬픈 그림이다.

코스모스

청초한 코스모스는
오직 하나인 나의 아가씨,

달빛이 싸늘히 추운 밤이면
옛 소녀가 못 견디게 그리워
코스모스 핀 정원으로 찾아간다.

코스모스는
귀또리 울음에도 수줍어지고,

코스모스 앞에선 나는
어렸을 적처럼 부끄러워지나니,

내 마음은 코스모스의 마음이요.
코스모스의 마음은 내 마음이다.

슬픈 족속

흰 수건이 검은 머리를 두르고
흰 고무신이 거친 발에 걸리우다.

흰 저고리 치마가 슬픈 몸집을 가리고
흰 띠가 가는 허리를 질끈 동이다.

고추밭

시든 잎새 속에서
고 빨-간 살을 드러내놓고,
고추는 방년(芳年)[27) 된 아가씬 양
땍볕[28)에 자꾸 익어간다.

할머니는 바구니를 들고
밭머리에서 어정거리고
손가락 너어는 아이는
할머니 뒤만 따른다.

---

27) 이십 세 전후의 한창 젊은 꽃다운 나이.
28) '뙤약볕'의 방언(경북).

해바라기 얼굴

누나의 얼굴은
　해바라기 얼굴
해가 금방 뜨자
　일터에 간다.

해바라기 얼굴은
　누나의 얼굴
얼굴이 숙어들어
　집으로 온다.

애기의 새벽

우리 집에는
닭도 없단다.
다만
애기가 젖 달라 울어서
새벽이 된다.

우리 집에는
시계도 없단다.
다만
애기가 젖 달라 보채어
새벽이 된다.

장미 병들어

장미 병들어
옮겨놓을 이웃이 없도다.

달랑달랑 외로이
황마차(幌馬車)²⁹⁾ 태워 산에 보낼거나

뚜- 구슬피
화륜선³⁰⁾ 태워 대양에 보낼거나.

프로펠러 소리 요란히
비행기 태워 성충권에 보낼거나

이것저것

---

29) 포장마차.
30) 예전에, '기선(汽船)'을 이르던 말.

다 그만두고

자라가는 아들이 꿈을 깨기 전,
이내 가슴에 묻어다오.

투르게네프의 언덕

　나는 고갯길을 넘고 있었다…… 그때 세 소년 거지가 나를 지나쳤다.

　첫째 아이는 잔등에 바구니를 둘러메고, 바구니 속에는 사이다병, 간즈매[31] 통, 쇳조각, 헌 양말 등 폐물이 가득하였다.

　둘째 아이도 그러하였다.

　셋째 아이도 그러하였다.

　텁수룩한 머리털, 시커먼 얼굴에 눈물 고인 충혈된 눈, 색 잃어 푸르스름한 입술, 너덜너덜한 남루, 찢겨진 맨발,

　아— 얼마나 무서운 가난이 이 어린 소년들을 삼키었느냐!

　나는 측은한 마음이 움직이었다.

　나는 호주머니를 뒤지었다. 두툼한 지갑, 시계, 손

---

31) 간즈매(流識). 통조림.

수건…… 있을 것은 죄다 있었다.

그러나 무턱대고 이것들을 내줄 용기는 없었다. 손으로 만지작 만지작거릴 뿐이었다.

다정스레 이야기나 하리라 하고 〈애들아〉 불러보았다.

첫째 아이가 충혈된 눈으로 흘끔 돌아다볼 뿐이었다.

둘째 아이도 그러할 뿐이었다.

셋째 아이도 그러할 뿐이었다.

그리고는 너는 상관없다는 듯이 자기네끼리 소곤소곤 이야기하면서 고개로 넘어갔다.

언덕 위에는 아무도 없었다.

짙어가는 황혼이 밀려들 뿐一

산골 물

괴로운 사람아 괴로운 사람아
옷자락 물결 속에서도
가슴 속 깊이 돌돌 샘물이 흘러
이 밤을 더불어 말할 이 없도다.
거리의 소음과 노래 부를 수 없도다.
그신 듯이 냇가에 앉았으니
사랑과 일을 거리에 맡기고
가만히 가만히
바다로 가자.
바다로 가자.

자화상

산모퉁이를 돌아 논가 외딴 우물을 홀로 찾아가선 가만히 들여다봅니다.

우물 속에는 달이 밝고 구름이 흐르고 하늘이 펼치고 파아란 바람이 불고 가을이 있습니다.

그리고 한 사나이가 있습니다.
어쩐지 그 사나이가 미워져 돌아갑니다.

돌아가다 생각하니 그 사나이가 가엾어집니다. 도로 가 들여다보니 사나이는 그대로 있습니다.

다시 그 사나이가 미워져 돌아갑니다.
돌아가다 생각하니 그 사나이가 그리워집니다.

우물 속에는 달이 밝고 구름이 흐르고 하늘이 펼치고
파아란 바람이 불고 가을이 있고
　추억처럼 사나이가 있습니다.

소년

여기저기서 단풍잎 같은 슬픈 가을이 뚝뚝 떨어진다. 단풍잎 떨어져 나온 자리마다 봄을 마련해 놓고 나뭇가지 위에 하늘이 펼쳐 있다. 가만히 하늘을 들여다보려면 눈썹에 파란 물감이 든다. 두 손으로 따뜻한 볼을 씻어보면 손바닥에도 파란 물감이 묻어난다. 다시 손바닥을 들여다본다. 손금에는 맑은 강물이 흐르고, 맑은 강물이 흐르고, 강물 속에는 사랑처럼 슬픈 얼굴─아름다운 순이의 얼굴이 어린다. 소년은 황홀히 눈을 감아본다. 그래도 맑은 강물은 흘러 사랑처럼 슬픈 얼굴─아름다운 순이의 얼굴은 어린다.

위로

거미란 놈이 흉한 심보로 병원 뒤뜰 난간과 꽃밭 사이 사람 발이 잘 닿지 않는 곳에 그물을 쳐 놓았다. 옥외 요양을 받는 젊은 사나이가 누워서 치어다보기 바르게—

나비가 한 마리 꽃밭에 날아들다 그물에 걸리었다. 노—란 날개를 파득거려도 파득거려도 나비는 자꾸 감기우기만 한다. 거미가 쏜살같이 가더니 끝없는 끝없는 실을 뽑아 나비의 온몸을 감아버린다. 사나이는 긴 한숨을 쉬었다.

나[歲]보담 무수한 고생 끝에 때를 잃고 병을 얻은 이 사나이를 위로할 말이—거미줄을 헝클어버리는 것밖에 위로의 말이 없었다.

팔복(八福)

— 마태복음 5장 3~12

슬퍼하는 자는 복이 있나니
슬퍼하는 자는 복이 있나니
슬퍼하는 자는 복이 있나니
슬퍼하는 자는 복이 있나니
슬퍼하는 자는 복이 있나니
슬퍼하는 자는 복이 있나니
슬퍼하는 자는 복이 있나니
슬퍼하는 자는 복이 있나니

저희가 영원히 슬플 것이오.

병원

살구나무 그늘로 얼굴을 가리고, 병원 뒤뜰에 누워, 젊은 여자가 흰옷 아래로 하얀 다리를 드러내 놓고 일광욕을 한다. 한나절이 기울도록 가슴을 앓는다는 이 여자를 찾아오는 이, 나비 한 마리도 없다. 슬프지도 않은 살구나무 가지에는 바람조차 없다.

나도 모를 아픔을 오래 참다 처음으로 이곳에 찾아왔다. 그러나 나의 늙은 의사는 젊은이의 병을 모른다. 나한테는 병이 없다고 한다. 이 지나친 시련, 이 지나친 피로, 나는 성내서는 안 된다.

여자는 자리에서 일어나 옷깃을 여미고 화단에서 금잔화 한 포기를 따 가슴에 꽂고 병실 안으로 사라진다. 나는 그 여자의 건강이─아니 내 건강도 속히 회복되기를 바라며 그가 누웠던 자리에 누워본다.

간판 없는 거리

정거장 플랫폼에
내렸을 때 아무도 없어,

다들 손님들뿐,
손님 같은 사람들뿐,

집집마다 간판이 없어
집 찾을 근심이 없어

빨갛게
파랗게
불붙는 문자도 없이

모퉁이마다

자애로운 헌 와사등에
불을 켜놓고,

손목을 잡으면
다들, 어진 사람들
다들, 어진 사람들

봄, 여름, 가을, 겨울,
순서로 돌아들고.

무서운 시간

거 나를 부르는 것이 누구요.

가랑잎 이파리 푸르러 나오는 그늘인데,
나 아직 여기 호흡이 남아 있소.

한 번도 손들어 보지 못한 나를
손들어 표할 하늘도 없는 나를

어디에 내 한 몸 둘 하늘이 있어
나를 부르는 것이오.

일이 마치고 내 죽는 날 아침에는
서럽지도 않은 가랑잎이 떨어질텐데……

나를 부르지 마오.

눈 오는 지도

순이가 떠난다는 아침에 말 못할 마음으로 함박눈이 내려, 슬픈 것처럼 창밖에 아득히 깔린 지도 위에 덮인다.

방 안을 돌아다보아야 아무도 없다. 벽이나 천정이 하얗다. 방 안에까지 눈이 내리는 것일까, 정말 너는 잃어버린 역사처럼 훌훌히[32] 가는 것이냐, 떠나기 전에 일러둘 말이 있던 것을 편지를 써서도 네가 가는 곳을 몰라 어느 거리, 어느 마을, 어느 지붕 밑, 너는 내 마음속에만 남아 있는 것이냐, 네 쪼그만 발자국을 눈이 자꾸 내려 덮여 따라 갈 수도 없다. 눈이 녹으면 남은 발자국 자리마다 꽃이 피리니 꽃 사이로 발자국을 찾아 나서면 일 년 열두 달 하냥[33] 내 마음에는 눈이 내리리

---

32) 1. 별로 대수롭지 아니하게. 2. 문득 갑작스럽게.
33) '늘'의 방언(전북, 충청, 평북).

라.

새벽이 올 때까지

다들 죽어가는 사람들에게
검은 옷을 입히시오.

다들 살아가는 사람들에게
흰옷을 입히시오.

그리고 한 침대에
가지런히 잠을 재우시오

다들 울거들랑
젖을 먹이시오

이제 새벽이 오면
나팔소리 들려 올 게외다.

십자가

쫓아오던 햇빛인데
지금 교회당 꼭대기
십자가에 걸리었습니다.

첨탑이 저렇게도 높은데
어떻게 올라갈 수 있을까요.

종소리도 들려오지 않는데
휘파람이나 불며 서성거리다가,

괴로웠던 사나이,
행복한 예수 그리스도에게
처럼
십자가가 허락된다면

모가지를 드리우고
꽃처럼 피어나는 피를
어두워가는 하늘 밑에
조용히 흘리겠습니다.

눈 감고 간다

태양을 사모하는 아이들아
별을 사랑하는 아이들아

밤이 어두웠는데
눈 감고 가거라.

가진 바 씨앗을
뿌리면서 가거라.

발부리에 돌이 채이거든
감았던 눈을 와짝 떠라.

태초의 아침

봄날 아침도 아니고
여름, 가을, 겨울,
그런 날 아침도 아닌 아침에

빨─간 꽃이 피어났네,
햇빛이 푸른데,

그 전날 밤에
그 전날 밤에
모든 것이 마련되었네.

사랑은 뱀과 함께
독은 어린 꽃과 함께

또 태초의 아침

하얗게 눈이 덮이었고
전신주가 잉잉 울어
하나님 말씀이 들려온다.

무슨 계시일까.

빨리
봄이 오면
죄를 짓고
눈이
밝아

이브가 해산하는 수고를 다하면

무화과 잎사귀로 부끄런 데를 가리고

나는 이마에 땀을 흘려야겠다.

돌아와 보는 밤

세상으로부터 돌아오듯이 이제 내 좁은 방에 돌아와 불을 끄옵니다. 불을 켜 두는 것은 너무나 피로롭은 일이옵니다. 그것은 낮의 연장이옵기에―

이제 창을 열어 공기를 바꾸어 들여야 할 텐데 밖을 가만히 내다보아야 방 안과 같이 어두워 꼭 세상 같은데 비를 맞고 오던 길이 그대로 빗속에 젖어 있사옵니다.

하루의 울분을 씻을 바 없어 가만히 눈을 감으면 마음속으로 흐르는 소리, 이제, 사상이 능금처럼 저절로 익어 가옵니다.

바람이 불어

바람이 어디로부터 불어와
어디로 불려 가는 것일까,

바람이 부는데
내 괴로움에는 이유가 없다.

내 괴로움에는 이유가 없을까,

단 한 여자를 사랑한 일도 없다.
시대를 슬퍼한 일도 없다.

바람이 자꾸 부는데
내 발이 반석 위에 섰다.

강물이 자꾸 흐르는데
내 발이 언덕 위에 섰다.

또 다른 고향

고향에 돌아온 날 밤에
내 백골이 따라와 한방에 누웠다.

어두운 방은 우주로 통하고
하늘에선가 소리처럼 바람이 불어온다.

어둠 속에 곱게 풍화 작용하는
백골을 들여다보며
눈물짓는 것이 내가 우는 것이냐
백골이 우는 것이냐
아름다운 혼이 우는 것이냐

지조 높은 개는
밤을 새워 어둠을 짖는다.

어둠을 짖는 개는
나를 쫓는 것일 게다.

가자 가자
쫓기우는 사람처럼 가자
백골 몰래
아름다운 또 다른 고향에 가자.

길

잃어버렸습니다.
무얼 어디다 잃었는지 몰라
두 손이 주머니를 더듬어
길에 나아갑니다.

돌과 돌과 돌이 끝없이 연달아
길은 돌담을 끼고 갑니다.

담은 쇠문을 굳게 닫아
길 위에 긴 그림자를 드리우고

길은 아침에서 저녁으로
저녁에서 아침으로 통했습니다.

돌담을 더듬어 눈물짓다
쳐다보면 하늘은 부끄럽게 푸릅니다.

풀 한 포기 없는 이 길을 걷는 것은
담 저쪽에 내가 남아 있는 까닭이고,

내가 사는 것은, 다만,
잃은 것을 찾는 까닭입니다.

별 헤는 밤

계절이 지나가는 하늘에는
가을로 가득 차 있습니다.

나는 아무 걱정도 없이
가을 속의 별들을 다 헤일 듯합니다.

가슴 속에 하나 둘 새겨지는 별을
이제 다 못 헤는 것은
쉬이 아침이 오는 까닭이요,
내일 밤이 남은 까닭이요,
아직 나의 청춘이 다하지 않은 까닭입니다.

별 하나에 추억과
별 하나에 사랑과

별 하나에 쓸쓸함과

별 하나에 동경과

별 하나에 시와

별 하나에 어머니, 어머니,

어머님, 나는 별 하나에 아름다운 말 한마디씩 불러
봅니다. 소학교 때 책상을 같이 했던 아이들의 이름과,
패(佩), 경(鏡), 옥(玉) 이런 이국 소녀들의 이름과, 벌써
애기 어머니 된 계집애들의 이름과, 가난한 이웃 사람
들의 이름과, 비둘기, 강아지, 토끼, 노새, 노루, 〈프란
시스 잠〉 〈라이너 마리아 릴케〉 이런 시인의 이름을
불러봅니다.

이네들은 너무나 멀리 있습니다.

별이 아슬히[34] 멀듯이,

어머님,
그리고 당신은 멀리 북간도에 계십니다.

나는 무엇인지 그리워
이 많은 별빛이 내린 언덕 위에
내 이름자를 써보고,
흙으로 덮어버리었습니다.

딴은 밤을 새워 우는 벌레는
부끄러운 이름을 슬퍼하는 까닭입니다.

---

34) 아찔아찔할 정도로 높거나 낮게.

그러나 겨울이 지나고 나의 별에도 봄이 오면
무덤 위에 파란 잔디가 피어나듯이
내 이름자 묻힌 언덕 위에도
자랑처럼 풀이 무성할 게외다.

서시

죽는 날까지 하늘을 우러러
한점 부끄럼이 없기를,
잎새에 이는 바람에도
나는 괴로워했다.
별을 노래하는 마음으로
모든 죽어가는 것을 사랑해야지
그리고 나한테 주어진 길을
걸어가야겠다.

오늘 밤에도 별이 바람에 스치운다.

간

바닷가 햇빛 바른 바위 위에
습한 간을 펴서 말리우자,

코카서스 산중에서 도망해온 토끼처럼
둘러리를 빙빙 돌며 간을 지키자.

내가 오래 기르던 여윈 독수리야!
와서 뜯어 먹어라, 시름없이

너는 살지고
나는 여위어야지, 그러나,

거북이야!
다시는 용궁의 유혹에 안 떨어진다.

프로메테우스 불쌍한 프로메테우스
불 도적한 죄로 목에 맷돌을 달고
끝없이 침전하는 프로메테우스.

참회록

파란 녹이 낀 구리 거울 속에
내 얼굴이 남아 있는 것은
어느 왕조의 유물이기에
이다지도 욕될까

나는 나의 참회의 글을 한 줄에 줄이자.
—만 이십사 년 일 개월을
무슨 기쁨을 바라 살아왔던가

내일이나 모레나 그 어느 즐거운 날에
나는 또 한 줄의 참회록을 써야 한다.
—그때 그 젊은 나이에
    왜 그런 부끄런 고백을 했던가.

밤이면 밤마다 나의 거울을
손바닥으로 발바닥으로 닦아보자.

그러면 어느 운석(隕石) 밑으로 홀로 걸어가는
슬픈 사람의 뒷모양이
거울 속에 나타나 온다.

흰 그림자

황혼이 짙어지는 길모금에서
하루 종일 시든 귀를 가만히 기울이면
땅검³⁵⁾의 옮겨지는 발자취 소리,

발자취 소리를 들을 수 있도록
나는 총명했던가요.

이제 어리석게도 모든 것을 깨달은 다음
오래 마음 깊은 속에
괴로워하던 수많은 나를
하나, 둘 제 고장으로 돌려보내면
거리 모퉁이 어둠 속으로
소리 없이 사라지는 흰 그림자,

---

35) '땅거미'의 방언(전라, 충남).

흰 그림자를
연연히36) 사랑하던 흰 그림자들,

내 모든 것을 돌려보낸 뒤
허전히 뒷골목을 돌아
황혼처럼 물드는 내 방으로 돌아오면

신념이 깊은 의젓한 양처럼
하루 종일 시름없이 풀포기나 뜯자.

---

36) 애틋할 정도로 그립게.

흐르는 거리

으스름히 안개가 흐른다. 거리가 흘러간다.

　저 전차, 자동차, 모든 바퀴가 어디로 흘리워 가는 것일까? 정박할 아무 항구도 없이, 가련한 많은 사람들을 싣고서, 안개 속에 잠긴 거리는,

　거리 모퉁이 붉은 포스트 상자를 붙잡고, 섰을라면 모든 것이 흐르는 속에 어렴풋이 빛나는 가로등, 꺼지지 않는 것은 무슨 상징일까? 사랑하는 동무 박이여! 그리고 김이여! 자네들은 지금 어디 있는가? 끝없이 안개가 흐르는데,

　〈새로운 날 아침 우리 다시 정답게 손목을 잡아보세〉 몇 자 적어 포스트 속에 떨어뜨리고, 밤을 새워 기다리면 금 휘장에 금단추를 삐었고 거인처럼 찬란히 나타나

는 배달부, 아침과 함께 즐거운 내림(來臨),37)

이 밤을 하염없이 안개가 흐른다.

---

37) 왕림(枉臨).

사랑스런 추억

봄이 오던 아침, 서울 어느 쪼그만 정거장에서
희망과 사랑처럼 기차를 기다려,

나는 플랫폼에 간신(艱辛)한[38] 그림자를 떨어뜨리고,
담배를 피웠다.

내 그림자는 담배연기 그림자를 날리고,
비둘기 한 떼가 부끄러울 것도 없이
나래 속을 속, 속, 햇빛에 비춰, 날았다.

기차는 아무 새로운 소식도 없이
나를 멀리 실어다주어,

---

38) (기)간신하다. 힘들고 고생스럽다.

봄은 다 가고－동경(東京) 교외 어느 조용한 하숙방
에서, 옛 거리에 남은 나를 희망과
　　사랑처럼 그리워한다.

　　오늘도 기차는 몇 번이나 무의미하게 지나가고,

　　오늘도 나는 누구를 기다려 정거장 가까운 언덕에서
서성거릴 게다.

　　－아아 젊음은 오래 거기 남아 있거라.

쉽게 씌어진 시

창밖에 밤비가 속살거려
육첩방은 남의 나라,

시인이란 슬픈 천명인 줄 알면서도
한 줄 시를 적어 볼까,

땀내와 사랑 내 포근히 품긴
보내주신 학비 봉투를 받아

대학 노-트를 끼고
늙은 교수의 강의 들으러 간다.

생각해 보면 어린 때 동무를
하나, 둘, 죄다 잃어버리고

나는 무얼 바라
나는 다만, 홀로 침전하는 것일까?

인생은 살기 어렵다는데
시가 이렇게 쉽게 씌어지는 것은
부끄러운 일이다.

육첩방은 남의 나라
창밖에 밤비가 속살거리는데,

등불을 밝혀 어둠을 조금 내몰고,
시대처럼 올 아침을 기다리는 최후의 나,

나는 나에게 작은 손을 내밀어
눈물과 위안으로 잡는 최초의 악수.

봄

봄이 혈관 속에 시내처럼 흘러
돌, 돌, 시내 가까운 언덕에
개나리, 진달래, 노ー란 배추꽃,

삼동을 참아온 나는
풀포기처럼 피어난다.

즐거운 종달새야
어느 이랑에서나 즐거웁게 솟쳐라.

푸르른 하늘은
아른, 아른, 높기도 한데……

창공

그 여름날,
열정의 포플러는,
오려는 창공의 푸른 젖가슴을
어루만지려
팔을 펼쳐 흔들거렸다.
끓는 태양 그늘 좁다란 지점에서.

천막 같은 하늘 밑에서,
떠들던 소나기,
그리고 번개를,
춤추던 구름은 이끌고,
남방(南方)으로 도망하고,
높다랗게 창공은, 한 폭으로
가지 위에 퍼지고,

둥근달과 기러기를 불러왔다.

푸드른 어린 마음이 이상에 타고,
그의 동경(憧憬)39)의 날 가을에
조락의 눈물을 비웃다.

---

39) 1. 어떤 것을 간절히 그리워하여 그것만을 생각함. 2. 마음이 스스로 들떠서 안정되
    지 아니함.

참새

앞마당을 백로지⁴⁰⁾인 것처럼
참새들이 글씨를 공부하지요

쨱, 쨱, 입으론 부르면서,
두 발로는 글씨 공부하지요.

하루 종일 글씨 공부하여도
쨱 자 한 자밖에는 더 못 쓰는 걸.

---

40) '갱지(更紙)'를 속되게 이르는 말.

아침

휙, 휙, 휙 소꼬리가 부드러운 채찍질로 어둠을 쫓아,
캄, 캄, 캄, 어둠이 깊다 밝으오.

이제 이 동리의 아침이,
풀살 오른 소 엉덩이처럼 기름지오
이 동리 콩죽 먹는 사람들이,
땀물을 뿌려 이 여름을 자래웠소.

잎, 잎, 풀잎마다 땀방울이 맺혔소
여보! 여보! 이 모든 것을 아오.

장

이른 아침 아낙네들은 시들은 생활을
바구니 하나 가득 담아 이고……
업고 지고…… 안고 들고……
모여드오 자꾸 장에 모여드오.

가난한 생활을 골골이 벌여놓고
밀려가고, 밀려오고……
저마다 생활을 외치오…… 싸우오.

온 하루 올망졸망한 생활을
되질하고 저울질하고 자질하다가
날이 저물어 아낙네들이
씁은41) 생활과 바꾸어 또 이고 돌아가오.

---

41) (기)씁다. '쓰다'의 방언(경남, 함북).

야행

정각! 마음의 아픈 데 있어 고약을 붙이고
시든 다리를 끄을고 떠나는 행장,
─기적이 들리잖게 운다.
사랑스런 여인이 타박타박 땅을 굴려 쫓기에
하도 무서워 상가교를 기어 넘다.
─이제로부터 등산 철도.
이윽고 사색의 포플러 터널(터널 위에 방점 표시)로
들어간다.
시라는 것을 반추하다 마땅히 반추하여야 한다.
─저녁연기가 놀로 된 이후.
휘파람 부는 햇귀뚜라미의
노래는 마디마디 끊어져
그믐달처럼 호젓하게 슬프다.
늬는 노래 배울 어머니도 아버지도 없나 보다

－늬는 다리 가는 쪼그만 보헤미안.
내사 보리밭 동리에 어머니도
누나도 있다.
그네는 노래 부를 줄 몰라
오늘밤도 그윽한 한숨으로 보내리니－
그믐달아! 나와 같이 다음 날 아침에 도착하자!

어머니

어머니!
젖을 빨려 이 마음을 달래어 주시오.
이 밤이 자꾸 설워지나이다.

이 아이는 턱에 수염자리 잡히도록
무엇을 먹고 자랐나이까?
오늘도 흰 주먹이
입에 그대로 물려 있나이다.

어머니
부서진 납인형도 싫어진 지
벌써 오랩니다.

철비가 후누주군이 내리는 이 밤을

주먹이나 빨면서 새우리까?
어머니! 그 어진 손으로
이 울음을 달래어 주시오.

윤동주

(尹東柱, 1917.12.30~1945.02.16)

아명은 윤해환(尹海煥)

본관은 파평(坡平)이며 간도 이주민 3세

독립운동가, 시인

1917년 12월 30일 아버지 윤영석과 어머니 김룡 사이의 3남 1녀 중 장
        남으로 중화민국 지린성(당시 북간도 간도성 화룡면 명동촌)에서
        출생

1925년 4월 명동소학교 입학

1929년 손수 원고를 모아 편집해서 『새 명동』이라는 잡지를 등사판으로
        발간

1931년 3월 명동소학교 졸업. 중국인 관립학교 대랍자학교(大拉子學校)
        에 입학하였으나 가족과 함께 용정으로 이사

1932년 만주 용정 은진중학교 입학(축구 선수, 잡지 편집자, 그리고 웅변
        1등상 수상자로 활기찬 생활을 함)

1934년 12월 처녀작 「삶과 죽음」, 「초한대」, 「내일은 없다」 등 3편의

시 집필

1935년 평양 숭실중학교로 전학

1935년 10월 숭실중학교 학생회가 간행한 학우지 『숭실활천(崇實活泉)』

     제15호에 시 「공상(空想)」(윤동주 최초의 활자화된 작품) 발표

1936년 신사참배 거부로 숭실중학교가 폐교되어 광명학원 중학부에 편입

1936년 11월 동시 「병아리」(『가톨릭소년』) 발표

1936년 12월 동시 「빗자루」(『가톨릭소년』) 발표

1937년 『카톨릭소년』에 동시 「오줌싸개지도」(1월호), 「무얼 먹고 사나」

     (3월호), 「거짓부리」(10월호)를 윤동주란 이름으로 처음 발표

1938년 4월 연희전문학교(연세대학교) 문과에 입학

1939년 산문 「달을 쏘다」(조선일보), 시 「유언」(『소년』) 발표하면서 문

     단에 데뷔

1939년 동시 「자화상」(전쟁에 광분한 일본 군국주의가 단말마적 발악을

     하는 속에서 식민지의 지식인이 겪어야 했던 고뇌와 갈등을 그

     려)과 「새로운 길」을 교지 『문우(文友)』지에 발표

1939년 동시 「투르게네프의 언덕」(기만적인 싸구려 이웃 사랑에 대한 날

     카로운 풍자)

1940년 12월 「팔복」

1941년 2월 「무서운 시간」

1941년 창씨개명계를 내기 전 시 「참회록」 집필

1941년 본인의 의사와 상관없이 '히라누마'로 창씨개명

1941년 시집 『하늘과 바람과 별과 시』를 출간하려 했으나 뜻을 이루지 못
했다(윤동주는 연희전문학교 졸업을 앞두고 시 19편을 묶은 『하늘
과 바람과 별과 시』라는 자필 시고집 세 부를 만들어, 한 부는 자
신이 갖고, 다른 한 부는 연희전문의 영문과 교수인 이양하에게,
나머지 한 부는 후배 정병욱에게 준다. 현재 유일한 원고는 정병욱
에 의해서 보관되어 전해진 것이다)

1941년 12월 27일 연희전문학교 문과 졸업

1942년 3월 일본 유학(도쿄 릿쿄대학 영문과 입학하였으나 6개월 뒤 중
퇴) 시절 시 「쉽게 씌어진 시」를 비롯한 5편의 시를 서울에 한
친구에게 우송

1942년 일본 교토시 도시샤대학 문학부 전학

1943년 7월 14일 사상불온, 독립운동, 비일본신민, 서구사상 농후 등의
이유로 일본 경찰에 의해 체포되어 교토의 카모가와 경찰서에 구
금됨

1944년 교토지방재판소에 2년형을 언도받고 후쿠오카 형무소(福岡刑務
所)에 수감(교토지방재판소 제1 형사부 이시이 히라오 재판장 판
결문: 윤동주는 어릴 적부터 민족학교 교육을 받고 사상적 문화
적으로 심독했으며 친구 감화 등에 의해 대단한 민족의식을 갖고
내선(일본과 조선)의 차별 문제에 대하여 깊은 원망의 뜻을 품고

있었고, 조선 독립의 야망을 실현시키려 하는 망동을 했다)

1945년 (27세) 2월 16일 옥중 사망(간도 용정에 안장)

1946년 유고작품 「쉽게 쓰여진 시」 경향신문에 게재됨

1947년 2월 13일 정지용의 소개로 경향신문에 시 「쉽게 씌어진 시」가
　　　해방 후 최초로 발표

1948년 1월 유고작품 31편을 모아 시집 『하늘과 바람과 별과 시』(정음
　　　사, 정지용의 서문으로 시작됨) 간행

1962년 3월 독립유공자를 대량으로 발굴 포상할 때, 그에게도 건국공로
　　　훈장 서훈이 신청되었으나 유족들이 사양함

1976년 7월 게재 유보하였던 시 23편을 시집 『하늘과 바람과 별과 시』
　　　(총 116편 게재)에 추가 수록

1990년 8월 15일 건국공로훈장 독립장이 추서됨

1999년 한국예술평론가협의회 선정 '20세기를 빛낸 한국의 예술인'

**윤동주의 창씨개명은 1990년대 이후에 알려졌다. 윤동주의 창씨개명설
　을 지적받게 되자 윤동주를 연구하던 한 교수는 이를 언급하기를 꽤 난
　처해했다 한다. 윤동주의 창씨개명설은 2005년 이후에 공식적으로 언
　급·인정되었다.

**일제강점기 후반의 양심적 지식인의 한 사람으로 인정받았으며, 그의 시는

일제와 조선총독부에 대한 비판과 자아성찰 등을 소재로 하였다. 그의 친구이자 사촌인 송몽규 역시 독립운동에 가담하려다가 체포되어 일제의 생체실험 대상자로 분류되어 의문의 죽음을 맞았다.

**1945년 2월 26일(10일 뒤) "2월 16일 동주 사망, 시체 가지러 오라"는 전보가 고향집에 배달되었다. 부친 윤영석과 당숙 윤영춘이 시신을 인수 수습하러 일본으로 건너갔다. 그런데 뒤늦게 "동주 위독하니 보석할 수 있음. 만일 사망 시에는 시체를 가져가거나 아니면 큐슈제대(九州帝大) 의학부에 해부용으로 제공할 것임. 속답 바람"이라는 우편 통지서가 고향집에 배달되었다. 후일 윤동주의 동생 윤일주는 이를 두고 "사망 전보보다 10일이나 늦게 온 이것을 본 집안 사람들의 원통함은 이를 갈고도 남음이 있었다"고 회고하였다. 옥중에서 정체를 알 수 없는 주사를 맞았다는 주장 등 윤동주의 죽음은 일제 말기에 있었던 생체실험에 의한 것이라는 의문이 수차례 제기되었다.

**경향 및 평가:

민족적 저항시인, 강인한 의지와 부드러운 서정을 지닌 시인으로 평가되며, 1986년에는 20대 젊은이들이 가장 좋아하는 시인으로 선정되었다. 북한에서는 '일제 말기 독립의식을 고취한 애국적 시인'으로 평가되고 있다. 윤동주의 시는 생활에서 우러나오는 내용을 서정적으로 표현

하였으며, 인간과 우주에 대한 깊은 사색, 식민지 지식인의 고뇌와 진실한 자기성찰의 의식이 담겨 있다고 평가된다. 식민지의 암울한 현실 속에서 민족에 대한 사랑과 독립의 절절한 소망을 '하늘과 바람과 별과 시'에 견주어 노래한 민족시인이다.

**"시인이란 슬픈 천명"을 안고 산 시인 윤동주. 윤동주의 시 세계를 지배하는 정서는 부끄러움과 죄의식이다. 자신을 둘러싼 식민지 피지배 현실이라는 테두리와 내면세계 사이에서 그는 심각한 자기혐오와 수치심에 빠져 괴로워한다. 윤동주의 시에 중요한 심상으로 등장하는 '우물'과 '거울'은 바로 개체를 둘러싼 사회와 종족과 역사라는 큰 틀에 비추어 스스로 바라보는 자기 응시와 자기성찰의 매개적 상징물이다.

**윤동주의 시는 크게 어린 청소년기의 시와 성년이 된 후의 후기 시로 구분해 볼 수 있다.

청소년기에 쓴 시는 암울한 분위기를 담고 있으면서 대체로 유년기적 평화를 지향하는 현실 분위기의 시가 많다. 「겨울」, 「버선본」, 「조개껍질」, 「햇빛 바람」 등이 이에 속한다.

후기인 연희전문학교 시절에 쓴 시는 성인으로서 자아성찰의 철학적 감각이 강하고, 한편 일제 강점기의 민족의 암울한 역사성을 담은 깊이 있는 시가 대종을 이룬다. 「서시」, 「자화상」, 「또 다른 고향」, 「별 헤는 밤」, 「쉽게 쓰여진 시」 등이 대표적인 그의 후기 작품이다. 특히 「하늘과 바람과 별과 시」는 윤동주의 대표 시로 어두운 시대에 깊은 우수 속에서도 티 없이 순수한 인생을 살아가려는 그의 내면세계를 표현한 것이다.

**윤동주 시인의 『하늘과 바람과 별과 시』의 제목이 『병원』으로 붙일까 했던 사연:

윤동주는 1941년 시집『하늘과 바람과 별과 시』를 출간하려 했으나 그 뜻을 이루지 못했다. 그래서 연희전문학교 졸업을 앞두고 그동안 써왔던 시 19편을 묶어『하늘과 바람과 별과 시』라는 제목으로 자필 시고집 세 부를 만들어 한 부는 자신이 갖고, 한 부는 연희전문의 영문과 교수인 이양하에게, 또 한 부는 후배 정병욱에게 전달했다. 현재 그 유일한 원고는 정병욱에 의해 보관되어 전해졌다.

정병욱 선생의 말을 빌자면 다음과 같다.

「별 헤는 밤」을 완성한 다음 동주는 자선 시집을 만들어 졸업기념으로 출판을 계획했다.

「서시」까지 붙여서 친필로 쓴 원고를 손수 제본한 다음 그 한 부를 나에게 주면서 시집의 제목이 길어진 이유를 「서시」를 보이면서 설명해 주었다.

그리고 (「서시」가 완성되기 전) 처음에는 시집 이름을 「병원」으로 붙일까 했다면서 표지에 연필로 '병원'이라고 써넣어 주었다.

그 이유는 지금 세상은 온통 환자투성이기 때문이라 했다.

그리고 병원이란 앓는 사람을 고치는 곳이기 때문에 혹시 앓는 사람에 도움이 될 수 있을지도 모르지 않겠느냐고 겸손하게 말했던 것을 기억한다.

(「잊지 못할 윤동주의 일들」, 『나라사랑』 23집, 외솔회, 1976)

이 시고를 받아 읽은 이양하 역시 윤동주에게 출판을 보류하길 권한다. 「십자가」, 「슬픈 족속」, 「또 다른 고향」 등 몇 편의 시가 일제의 검열을 통과하기 어려울 것이며, 일본 유학을 앞둔 윤동주의 신변에도 적지 않은 위험이 따를 것이라는 판단을 했기 때문이다. 윤동주는 이양하의 권유를 받아들여 당시에는 출판하지 않지만, 졸업 직후 용정으로 돌아와서도 아버지와 출판 문제를 의논하는 등 시집 출판에 미련을 버리지 않았던 것으로 전해졌다.

윤동주는 결국 생전에 시집 출판의 뜻을 이루지 못했다.

그 뒤 윤동주와 이양하가 갖고 있던 시집은 행방을 알 길이 없다.

정병욱에게 전해진 시집은 정병욱의 어머니가 명주 보자기에 싸서 장롱 속 깊이 감춰둔 덕분에 해방 뒤 1948년 1월 30일 세상에 『하늘과 바람과 별과 시』라는 제목으로 빛을 보게 되었다.

큰글한국문학선집: 윤동주 시선집

하늘과 바람과 별과 시

© 글로벌콘텐츠, 2015

1판 1쇄 인쇄_2015년 06월 20일
1판 1쇄 발행_2015년 06월 30일

지은이_윤동주
엮은이_글로벌콘텐츠 편집부
펴낸이_홍정표

펴낸곳_글로벌콘텐츠
　　　등　록_제25100-2008-24호

공급처_(주)글로벌콘텐츠출판그룹
　　　기획·마케팅_노경민　　**편집**_김현열 송은주　　**디자인**_김미미　　**경영지원**_안선영
　　　주소_서울특별시 강동구 길동 349-6 정일빌딩 401호
　　　전화_02-488-3280　　**팩스**_02-488-3281
　　　홈페이지_www.gcbook.co.kr

값 12,000원
ISBN 979-11-85650-99-9 03810